此後微微

馮平 著

一人一貓的
多情記敘

寫給我們的十年（二〇〇九－二〇一九）

推薦序
一人與一貓的道別

文◎鄭栗兒——文學作家

是的，阿妹不只是貓，她也是家人，我在美國最親密、日夜相伴的家人。她的世界裡只有我，而我的屋子裡也只有她。十年，我是她的一切，她的全部。而她，又是我在這裡最大的安慰。我們彼此需要。

——馮平

馮平是古典而儒雅的文人，這樣說時你以為他是上一代的作家，不，他還好年輕的。但，他的心柔軟得像一顆日本森永牛奶糖，就是這樣的柔軟，吃著時也覺得那份甜是應該的。他的愛亦然，他對世界的讚嘆，對人事物的體貼，連我帶他去基隆一家很平常的日式餐廳吃生魚壽司時，他都感動得要找廚師致敬。

就是這樣的馮平，他如何摯愛著他的貓咪阿妹，更是可想而知，我想已不是寵溺或貓奴這時代的流行，而是阿妹就是他的家人，他的親人，他的知己，甚至是他的老師。

家人該如何定義呢？吉本芭娜娜的小說中總充滿著各式怪異組合的家人，讓人見怪不怪。在美國定居的台灣人馮平則和美國貓咪阿妹組成一個家庭，某種層面而言，在異國流浪的馮平收留了浪貓阿妹，都是彼此情感上的一種寄託與慰藉，他們對彼此的依賴之深，放在小說中，絕對是孤獨美學的華麗版。

特別在北緯四十一點三度雪落的寒冬，一隻對窗凝視的貓咪和一位伏案書寫的作家，一起度過漫漫長夜，這畫面多麼生動，冷寂中的溫暖，撫慰人心，如此十年。

但這一本書的劇情，卻是十年後的最終高潮，作家陪伴即將死去的老貓度過最後的貓生，內心種種的煎熬不捨與感情糾結，透過陪伴照顧，為之擠尿、餵食……讓牠自然地離開。

即使阿妹忍受著身體的痛苦，但牠也應該知道如果安樂死乍然地離去，這位溫柔的作家必然悵然不已，一切太快速了，來不及道別，來不及好好再擁抱彼此。

所以，這本書不僅是一本文學敘情書，更是一本療癒之書，在生命的最後一章，我們終究要告別，但我們可以好好說再見，將祝福延伸至看不見的未來。這是馮平的選擇，也是阿妹的選擇，他們經由這最後的相伴，去完成他們的愛。這也是阿妹教導馮平的生死學，死不足懼，但活著時盡且珍惜。

阿妹是強大的，即使是浪貓時期，牠仍擁有女皇的氣勢和優雅，同時具有智慧。我第一次看見阿妹的照片時，就覺得：「哇，真是太美的貓了，有一種女王的氣場。」

女王阿妹和作家馮平生活的十年，必然有太多美好的交織，即使是照養麻煩也是一份日常甜美，我好喜歡書中馮平寫的一段：

一次，她抱在我懷中，一起午睡，但是中途她想跑出去，我不同意，就哭——假哭。她已走到房門口，聽見我啜泣的聲音，就竟然留步了，轉頭看我，然後走回來，伸出一隻手，撫摸我的臉。她的意思很明確：「孩子，不要哭，我疼你。」

疼完了，她仍要出去，我見狀，又哭。她再回頭，摸我的臉，這次摸得敷衍了，意思也很明白：「為什麼又哭？這麼任性呀。」摸完仍走，我任性到底，還哭。這次，她站立在門口，回頭看我一眼，那一眼是有台詞的，意思很清楚：「別裝了，我知道那是假的。」

說完，她逕自走出去，再也不顧我了。

雖遭受了識破和鄙夷，但那一刻，說出她心中是有我的。她關心我的眼淚，她在乎我的哭泣。她，不要我心傷，不要我悲哀。

女王愛你，但是女王也有女王的自由意識，不能被情緒勒索。

我認識阿妹時，卻是牠生命最後的幾個月了，馮平正為阿妹是否該安樂死而困擾著，我們透過祝福的方式去療癒阿妹，療癒馮平，其實最重要是療癒馮平無助的心，陪伴生命的最後一段是條艱辛的旅程，卻也是最令人刻骨銘心。

死亡帶來一種非常寧靜的直視，如果你深入過面對亡者的靜心，那將是非常寧謐而神聖的一刻，但許多人都會因為過度悲傷或恐懼而錯過，生死學是人生中無法逃避的偉大課程，這個課程將使我們更明白人生有限，但生命無限，因緣短暫，但愛恆長。

期待你透過本書，去看見另一種家人的道別，也看見一人一貓的多情記敘。

二〇二一年十月六日

阿妹攝於華倫路住所，她看著窗外天光直直照進來，包裹在她身上

自序

阿妹陪我一同搬遷過三個住處。

第一個在俄亥俄州湖木市（Lakewood, OH），我們住在水邊大道的公寓十樓，那是一間工作室（studio），面向滂浩大湖。這是二〇〇九年十月至二〇一四年九月。

乍來新環境，她跳上跳下，聞來聞去，像一名神經質的偵探。等她確定了安全，界定了領域後，我領她去看砂盆，引導她使用。她對砂盆似乎熟悉，又很陌生，畢竟她住在野外時，是沒有這樣講究的。

吃了第一頓飯，頗開心，跳到沙發上理毛，溫柔看我。但我很快發現，她坐過的地方，有好幾條小白物蠕動，判定了是蛔蟲（大概是從捕食了不淨之物而來的）。隔天去寵物店買藥，一盒三顆，一顆見效。

房間小，我們緊密處在一個空間裡，一起感受湖上的氣象萬千，也觀看湖色的陰晴晨夕變化。偶爾，我們到走廊上散步，踢足球。阿妹瘸了尾巴，生活行動倒不受影響，但也說不出情緒反應，所幸她的眼睛會說話。她看我，直直地看，正如我在〈給我一個黃金夢〉所寫過的一段話：

> 她是極出色的女演員，用眼睛來說話。一切台詞都刪去，有眼睛就

夠了。她就是飾演阮玲玉的張曼玉，擔綱演出《為愛朗讀》（*The Reader*）的凱特・溫絲蕾（Kate Winslet）。她看我，一句話不說，把我的心融化了。沉默果然是力量。

也是在這個房子裡，我寫下了〈阿妹與我〉（收錄於《我的肩上是風》，二〇一四年，有鹿文化），算是我開始書寫她的起點。二〇一三年秋，她用嘴拔自己尾椎和尾巴上的毛，並舔拭尾巴上的折骨處，終至舔出傷口。雖經敷藥包紮，還是在二〇一四年輕巧地斷了。而不久，我們就搬到克里夫蘭（Cleveland）的華倫路。

華倫路離水邊大道不遠，開車十分鐘就到，但我們已經往南走，離開湖邊水景。這是一棟兩層樓複式房屋（duplex house），潔西卡和她的美國先生保羅住在樓上，我和阿妹住在樓下。二室二廳，空間比以前寬敞。阿妹對窗外蟲鳥動靜，一直充滿好奇。那是她再也遙不可及的境域。曾想：如果為她開一個門，放她出去玩耍，她會不會自己回來？像我們住公寓時，有一次，我開門出去一會，竟不知她也跟著出來。等我回來許久，才發覺她不在家。急著開門去尋，她卻安靜蹲坐在門口。她見我，叫了一聲，就自己進門。

但我終因房子臨近繁忙馬路，又因信心不足，怕整日不見她而犯焦慮，直直不敢提此建議，做此決定。阿妹便也就這個窗前坐坐，那個窗前看看。如果她把一生所看所想的，寫成一部小說的話，不知道會什麼樣？

是在這個屋子裡，她首次出現了血尿。血是生命泉，流血是有危險的，尿血更是不可輕忽的症疾。幾次看醫師，都說是尿道感染，吃了抗生素也就好了。以後要多喝水。此後，阿妹必須接受餵水的伺候。日成月，月成年，年成一生。她的身體已經悄悄埋伏了隱患。

喬遷樺木街新居，友人施彥如親手繪贈，被視為珍物收藏

湖木公園暮春夕照之一
（林煜幃攝影）

而此時，書寫阿妹的筆並未停歇。〈給貓洗澡〉、〈親愛伴侶〉、〈門裡門外〉（收錄於《寫在風中》，二〇一五年，有鹿文化），以及〈為誰而哽咽〉（收錄於《問風問風吧》，二〇一七年，有鹿文化），都在這期間完成，發表於報刊上。

搬到樺木街的住處，是二〇一七年三月，陰沉沉的早春。這棟獨立三室房子（single family home），含有草地前後院，全屬於我和阿妹擁有。喬遷不久，朋友彥如從台北寄了幾本書來，附上一張卡片，畫著阿妹與我與房子，那是她以真心美意繪製的，我將它裝框展示在玻璃書櫃中。

兩年後，來到我與阿妹同居生活的第十年，那是二〇一九。這一年，世界照樣發生許多大事：巴黎聖母院著火、人類首張黑洞照片曝光、日本德仁天皇即位……就在香港反送中示威持續蔓延的時候，阿妹身上潛據的癌細胞也爆發開來。血，一直來，一直來。

直到九月二十二日上午10點45分。

阿妹，這隻白頸腹青虎斑貓的故事，也將在這裡全部書寫完了。

但願一切親吻不悲不喜。

目次

她叫了一聲

我記得。

我記得她，一生都會。

前一日，她在樓上臥床，不大肯活動了，卻突然下床，勉強步下樓梯，坐在轉角處，看我。（她的樣子憔悴，但還是那麼美，優雅中有一點霸氣，而這霸氣的光芒正在消失，好像最後一隻螢火蟲在她身上轉了一圈，就消翳無蹤了。）彼時，我在一樓同朋友說話；朋友有事來懇請我幫忙，為了這個忙，我必須出門——即或我已有兩個月沒有出門了。

正當我起身時，她叫喚了一聲。

她很久沒有說話了，但那一聲，我聽懂了，朋友似乎也聽懂了，就立刻囑我別出門，事情下次再辦。說著便要離去。我感謝朋友的體諒，送別後，默默把門關上。然後，我回頭看她。她的眼波裡全是我，我的眼波裡全是她。我們溫柔相視，雖不知永恆，但已明白今世。

我上樓抱住她，她不願我多抱，好像她怕疼，又好像怕我抱太久不肯放手。但她仍如一名可愛嬰孩一樣，被我抱起，被我吻著，也用臉磨蹭著。今天，她嘴巴裡的腐臭比昨天更厲害了。

我送她回房間，讓她臥好，就蹲臥下來撫摸她，她閉上眼睛，安靜享受著我的撫摸。

我一面摸，一面想，如果真有一刻，她說了人話，那一刻便是「剛才」——她勉強自己下床來喚我，說：「別出去，好嗎？」

她一定聽到了我朋友的請求，也聽到了我的答應，於是才要來喚我，勸我，盼我留下來。她沒有說完的話，我們也都明白了。時候就在不遠處，就在眼前了，「陪我到那一刻，好嗎？」

好的好的，我說。

她又被我擁住。我把自己的手交給她，讓她抱著，再把她收入我懷中，躺在一起。那是九月二十一日。此時北國，一縷清風拂動白色窗簾，像要揚帆而起。風中有隱隱的秋聲，一字一句緩緩送來。

雁何在？梧桐何在？而今，天地間只有我和她，再也沒有別的了。有一天，若是沒有她，我更是沒有別的了。但那一天，很快就來到了。她知道，我也知道。窗外有藍天，雲聚雲散，都是這樣。

我被她抱住的手，貼在她胸前，感覺到她的體溫，觸摸到她的心跳。我在想，她會有遺言嗎？那會是什麼？
她，一隻貓，名字叫阿妹。

2017年，阿妹攝於樺木街住所，她所站位置也正是她病亡前一日對我和朋友叫了一聲的位置

一槌定音

艾美・派瑞屈（Amy Parrish）醫師來跟我回報之前，我等了很久。

那是1號診察室，沒有窗戶，但前後有門（前門是求診者用，後門是醫護者用）。也有一個檯子，一個洗手槽，一個貼牆皮面長凳，以及牆上幾幅貓狗圖片。現在，只有我一個人處在這裡。我已經不知如何祈禱，只有寫詩。

衝擊太大時見詩，我曾這樣介紹自己。

邏輯都散去，前言後語也省去，只剩下一顆純粹的心，默默面對湧起的衝擊，留下生命中一個猛烈曝光的畫面。

阿妹與我自拍留影：這一天，我們一同攝於派瑞屈醫師的診察室

終於，派瑞屈醫師把阿妹帶回來了。派瑞屈是一位年輕又溫暖的女醫師，她很平靜也明確地告訴我，是bladder cancer（膀胱癌）。癌字太可怕。癌，一槌定音。我的眼淚忍不住流下來。

阿妹被放在診察台後，就自己快步走進籠子裡去。她看著我，眼神流露回家的渴望，而我始終撫摸著她，心情既沉重又懸空翻騰。

現在該怎麼辦？

派瑞屈醫師建議我，安樂死最好，因為她很痛苦。我不要阿妹痛苦，但我也不要阿妹死。還有別的辦法嗎？派瑞屈醫師說，接受化療。然後，她把化療的療程，包括開刀切瘤，裝尿管，注射藥劑等等，大致做了說明。

整個療程多少錢？我問。派瑞屈醫師說，據她了解，大概要五千美元左右。隨後她說，阿妹老了，化療很辛苦，復原過程漫長，也不保證不會復發。聽完，我紅著眼眶，抿著嘴唇，不知如何回應。

派瑞屈醫師說：「我給你十二支止痛劑，每八小時餵她一次，四天後，也就是這些藥劑用完時，你再帶她來，決定安樂死或者化療，好嗎？」

這個提議好，我接受，至少給了我四天，九十六小時緩衝時間。我實在無法此時此刻，就親手把阿妹送進死亡裡去。

派瑞屈醫師出去取止痛劑，留下阿妹和我。我看著在籠子裡的阿妹，阿妹也抬頭看著我，一個神情哀傷，一個渴望回家。家？阿妹不知道，她若走了，我在這裡就真的沒有家了。

是的，阿妹不只是貓，她也是家人，我在美國最親密、日夜相伴的家人。她的世界裡只有我，而我的屋子裡也只有她。十年，我是她的一切，她的全部。而她，又是我在這裡最大的安慰。我們彼此需要。

如今她要走了，我也只是任眼淚潰散下來。

想到在大廳候診時，一位中年女子從診察室出來，紅通通的面孔，滿臉淚痕，她正要放聲大哭，又忍住了。那時我心頭一緊，莫非我也會這樣？

是，是這樣。

派瑞屈醫師取藥回來時，我問她，為什麼阿妹會有癌？為什麼她會這樣？派瑞屈醫師放下藥，張開雙手，抱住我，讓我哭了一會。她說：

「這不是你的錯，她知道你是愛她的，她知道的。」

彼時七月十八日，盛夏炙燒這片土地，火燦的陽光不知哀愁。

脱口而出的名字

阿妹，一開始叫 Queen（皇后）。這是提姆給她取的。

阿妹是浪貓，住在郊區一棟木屋（log house）外，由管理產業的提姆給她餵食。為什麼叫她皇后呢？提姆說是脫口叫的。但我見到的皇后很窘迫，沒有席夢絲床鋪，沒有呢絨坐墊，只有露宿荒郊，常被浣熊或淘氣小孩欺負。

她身上有傷，尾椎上破了毛皮，再看，一條尾巴也骨折，擺動不了。她想進屋去，她相信屋裡溫暖，也有保護，但是提姆的規定很嚴格，動物禁止入內，理由是有人會過敏。

那年夏天，我在木屋外用電腦，她來跟我打招呼。這是一種很常見的白頸腹青橄欖虎斑貓。她的毛髮說不上髒，但也絕不是潔朗舒爽的。嗨！我回應她的招呼，就回到自己的工作上。

她以為「嗨」就是「上來吧」的意思，於是用力跳到野餐桌上，看了我的電腦一眼，便指定坐在我的腿上。我沒說好，也沒有嚴正拒絕，她就自己決定坐在我腿上。我見她一臉滿足的樣子，才想這大概就是皇后的脾氣吧。

阿妹攝於2010年，她跳到我書桌上來欲言又止，滿滿心思寫在又美又萌的臉上

隔天我買了罐頭供上，她吃得開心，讚口不絕。吃完了，她又看上我這人肉坐墊。這次連嗨都省了，直接跳上來，先是蹭我，把我收歸己有，然後理直氣壯地，坐在我的腿上。秒睡。好像很久沒這樣睡了。

這些都被提姆看到了。

一個月後，我接受提姆的提議，把貓領回家來。進門後，我告訴她，妳叫阿妹。阿妹就是妳的名字。

為什麼叫阿妹？我不知道，是脫口叫出來的。

●詩之一

無題——面對時間的時候

聽不見暴雨的夏夜有更詭味的
黑暗鐘聲響起

明天是屬於時間的，但是時間無父
無母，像撩動窗簾、蜘蛛草和燠燥空氣的風，
像一顆水道裡無人聞問的
石頭

時間在鐘面循環，水分在身體循環，所有
找不到出口的，都到了
灼燒的地獄之門

撥打十通電話
時間是有靈魂的嗎？
凡有時間的都被時間鎖在時間裡，困在
巨大無語的對話中
一片片消失

拔河？拔不了河，徒然的
只能等待

像日頭獻身給一杯水所激沸
的小水珠變成大水珠
變成一串淚珠，或羽化成掌握不住的夢影
從大海鯨魚的肚腹中騰越出來

果陀？果陀不來。
我不要果陀

我要
把兩顆心的脈動寫在神的名字上
而時間自己決定，時候到了它會
魂飛魄散的

它會忘了自己，卻永遠被人
記住，一如
你的名字

謎團

曾經帶阿妹去看醫師時，醫師說阿妹已經結紮了，是誰給她結紮的呢？是提姆嗎？不是。是動保所的志工嗎？也不是，因為阿妹的左耳並沒有被剪角，也就是沒有被TNR（Trap-neuter-return，捕捉、絕育、釋放）的記號。那麼，是這郡縣的某一戶愛心人士嗎？或者，阿妹原是有家的，是那家人給她結紮的嗎？

阿妹原來的家在哪裡？

那是一戶什麼樣的家？牧場農舍、木造平房，或石磚大別墅？那家人又是做什麼的？工人、教授，或退休獨居的老婦人？若是有家，為何會流落在外呢？是自己出外散步，不小心走遠，回不去了？或是被住在城裡的家人遺棄到郊野了？抑或是她隨那家人出遠門，途中休息時，為了追一隻蝴蝶而走失了？

她出生時有幾個兄弟姊妹呢？在提姆叫她皇后（Queen）之前，她叫什麼名字呢？她自己最喜歡的名字又是什麼呢？

這些，我都不知道。

我只知道她出現在木屋外的區域，至少有一年了。這一年，她在屋外求生，一定歷經秋霜、冬寒、春冷——那是北緯四十一點三度，如中國東北，日本北海道的秋霜、冬寒、春冷。秋夜冰涼如水，霜氣凝面瑟瑟。冬日極地風旋，大地枯朽嚴寒。春天或者料峭冷面，或者陡然和煦，無常不定。比如我是她，瘦弱孤單如此，該如何忍耐度過這些日子？

提姆說：「她是一個堅強的女孩。」（She is a tough girl.）

即或這樣，我想一想，仍覺得心疼，覺得不可思議。而她到底是活過來了，而且活到與我相見，然後帶著傷，一個月後，來到我在伊利湖畔的公寓。

這是我與她所住的第一個家。

她渴望進入的那棟木屋，改成我一個單身漢所住的地方。我沒有介紹我自己，她也沒有告訴我她的身世，但我已決定跟她生活在一起。我與她就構成了一個家嗎？家是什麼？愛是什麼？

只能說，是命運將我們牽繫在一起。從今往後，我們將盡力彼此接受，
相互包容，也終究不棄。
好嗎？

不要哭

阿妹想跟我說什麼？

從醫院出來，坐進車裡，我忍不住爆哭。面臨要失去一位至親，再也不能彼此依託，我充滿了不捨。阿妹用大眼睛看我，臉色沉重，一直喵喵說話。我不知她說什麼，但我知道她在乎我的眼淚。

我說過這個故事。一次，她抱在我懷中，一起午睡，但是中途她想跑出去，我不同意，就哭——假哭。她已走到房門口，聽見我啜泣的聲音，就竟然留步了，轉頭看我，然後走回來，伸出一隻手，撫摸我的臉。她的意思很明確：「孩子，不要哭，我疼你。」

疼完了，她仍要出去，我見狀，又哭。她再回頭，摸我的臉，這次摸得敷衍了，意思也很明白：「為什麼又哭？這麼任性呀。」摸完仍走，我任性到底，還哭。這次，她站立在門口，回頭看我一眼，那一眼是有台詞的，意思很清楚：「別裝了，我知道那是假的。」

說完，她逕自走出去，再也不顧我了。

雖遭受了識破和鄙夷，但那一刻，說出她心中是有我的。她關心我的眼淚，她在乎我的哭泣。她，不要我心傷，不要我悲哀。

現在，她同我往回家的路上。夏日普照大地，草木蔥鬱。道路像一條黑金色的長蛇。一路上，我不知道該說什麼，她也沉默了。我聽說貓都是沉默的，不愛說話，她喵喵叫，都是為了跟人類溝通才不得不說的。停紅燈時，她看我，我也看她；我伸手摸她，她回應我。

回到家，我發了幾條訊息給朋友，告知他們這個噩耗。我寫著寫著，一時心情激動，眼淚又崩下來。阿妹坐在不遠處，但這次她沒有過來摸我，她只是看著我，若有所思——她在想什麼呢？

她知道我的眼淚是真的了？

她知道我正在承受一場傷痛？

她知道我正面臨四天後的抉擇？

她知道我正在決定她的生死命運？

她知道我正在為這個艱難決定而躊躇？

或者，她在想：我的生、我的死，不是該由我自己來決定的嗎？

無論如何，這一天，我完全被一股情緒淹沒了。現在怎麼辦？到底四天以後怎麼辦？我是個軟弱的人。
等我哭完，阿妹「喵」了一聲。
阿妹啊阿妹，妳在說什麼？

●詩之二

去哪裡

那藍衫熨成了赤裸的紅
虛浮的綿白怎能有一團炭火
風把樹影吹成瘋狂的寒單
太陽東躲西跑

聖樂之中有友已讀不回
雲層之上沒有急診室
我們乘焚浪而來
陌生人的眼淚那麼陌生又那麼
熟悉含在嘴裡
怎麼說人在悲哀中才像人

不是2046，是1，惟一的一
1太孤單了，1太大太美了
一位神，一座山吐出一條銀河
流動，兩人也成一體

房間有門無窗，房間是
看不見別的房間的，房間在
飄浮的空間裡進入熬煮的鐵鍋中

生生死死，
我怎能沒有你？

水球總在酷暑中預備爆裂
逃生門眨眼
歹徒們在那裡玩起了疊羅漢
他們不怕耶穌

耶穌來過了嗎？

耶穌丟下用過的十字架
站在繁忙紊亂的十字路口
問你去哪裡？

一灘血

六月，光線清透了，整個世界好像被放進一個玻璃屋似的。

是在這樣的月分，阿妹發病了。午後，阿妹走來陽光房，我正坐在長桌上做事，見她行動有些怪異，等我再回頭，地上出現一灘液體。我想她又不聽話了——亂尿！阿妹一直有便溺問題，但她通常是在熟睡後，才會尿在床上或沙發上。醒的時候，她還是會去砂盆尿尿的。

而現在，她不是醒著嗎？我再回頭看，水晶般的日頭照在那灘液體上，液體沒有返照金色光澤，反而有些暗沉色。我起身一探究竟，是血！

又是尿道感染?!阿妹先前也有幾次血尿，症狀是整夜想上廁所，卻尿得很辛苦，每次只有一兩滴，或是跑去上廁所時，一路滴滴答答尿出血水。帶她去看醫師，醫師判斷是尿道炎，吃抗生素就好。果然也好了。

為了預防再感染，醫師囑咐給她多喝水。但阿妹一向不愛喝水。怎麼誘導都喝得不夠。只能強迫她喝了。每天飯後，用針筒給她餵水。這樣，她也一直忍受著，一直平安著。

這次血尿，情形有些不同，一次就一灘。我趕緊預約門診。（其實前幾日，她已有些頻尿現象，而我也只是給她灌水，盼望可以沖掉尿道裡可能有的細菌。）看了醫師，又是判斷尿道感染，開了抗生素，並且打了一針，幫助她排便。

（對了，阿妹也有長期便祕的問題。解決之道是定期浣腸，或者我用手去推擠，甚至伸手去挖出。嘗想：阿妹是不是野慣了呢？不然怎能在上廁所時這樣隨性，全憑喜好，愛在哪裡排泄，就在那裡排泄。這對我來說，是極大的困擾。於此，她被我責罵了好幾遍。難道是我罵得太過，使她的自尊心受傷，才造成她的壓力累積，以至於日後生出便溺之疾？）

阿妹吃了抗生素，情況隨即好轉。但是兩天後復發，我又預約了最快門診。仍然是給抗生素，最大劑量。吃了一週，或十天，無效。這時，我才意識到這回確實不同了，阿妹來到一個生命關口，而我，也來到一個重大抉擇。

七月來了，太陽愈來愈烈，萬物瘋長。

但我們，瞬間就要跌入另一個世界。

死了就隔絕了

止痛劑用完後，我跟派瑞屈醫師約定，屆時會帶阿妹來。那一天，將是七月二十二日。

癌，逼著我們面對生死。

生命終有一死，死是所有生命的配件，必然的構成要素。既這樣，為什麼我們都這麼怕死，不想死，不接受死？凡有感知的，有情緒的，都懼怕死。每一隻魚都怕被吞吃，每一隻羊都怕被撕咬，每一隻豬都怕被刺喉。

面對死，我們都想逃。也逃。一定逃。

死是什麼？死是一個質量的消失嗎？死是一個澈底滅亡的終點嗎？死是一次質量的轉化嗎？或者，死是另一次神祕旅程的起始——這樣，死是進入另一種質量的場域嗎？

死，到底可不可怕？

而我只知道，死是一種隔絕。阿妹和我，有一方死了，就彼此隔絕了。她再也不能舔我的手臉，我再也不能擁她入懷；她再也不能等我回家，我再也不能餵她喝水；她再也不能陪我看書、看電影，我再也不能陪她踢球……這一切，都沒有了。摸不到，聽不到，看不到，一切都沒有了。

有癌，必然就死嗎？不一定。阿妹的癌是可療治的，她是能活下去的。但是——她願意嗎？生若不如死，是不是就死？我們有沒有權利選擇死？

不知阿妹明不明白我的掙扎，此時，她若能開口說出人話，她會說什麼呢？我的心反覆不定，面對這四天，感覺壓力山大。

朋友們紛紛說出他們的看法，多數贊成安樂死，理由是免去她的痛苦；也有支持自然死的，讓阿妹回歸大自然的一部分，從病痛中漸漸走向死亡，告別世界。

在她的病痛中煎熬度日，我能做到嗎？

七月二十二日，像一把大火，像一團密雲，一刻一刻逼近。

血的聲音

每支止痛劑只有兩毫升，但是，阿妹仍然陷入痛苦煎熬之中。最明顯的表現，就是頻尿。她每隔三、五分鐘，就起身跑廁所，卻尿不出，好不容易尿了幾滴，全是血。

血，腥紅哀傷。

血，每一滴都掉落在我眼裡，痛在我心間。

夜晚，她不願意上樓來睡，我只好跟著她留在客廳。此刻，她一定用極大的忍耐在承受身體的不適。我疲累了，拿一條毯子躺在沙發上。以往，我夏日午寐的時候，就是躺在沙發上，而她也喜歡臥在我的胸腹間，說著夢話，甜甜地睡覺。今夜，我抱她到我的胸腹間躺著，希望她安靜下來，但是很快的，她就跑了。

她又跑去上廁所。

血。

血滴落在盆沿或砂中，有戰鼓的聲音，有嗚咽的聲音，有絕望的聲音，輪番交替。其中又發出腐臭的味道。

徹夜，她不停地跑廁所。她睡不著，我也睡不了。每一分鐘，她的一舉一動都牽引我的神經，而我的每一根神經都給我一個感覺，是不是該放手了？是不是即刻就帶她去死？是不是就此永別了最好？

不！我到底該怎麼辦？我問天，天何曾說話？我問阿妹，阿妹也不語。我問自己，愈問思路愈複雜，愈難以有明智的抉擇。我甚至不知道明智是什麼，我只知道她的苦是我的苦，她的痛是我的痛，而我是不願意與她分開的。

我還沒有做好準備。

但，阿妹真的想死嗎？在她的感知裡，有選擇死亡這樣的東西嗎？我們兩張愁苦的臉相對望，心情如同屋外的黑夜，那樣深沉厚重。燠熱的夏夜，使人煩躁，我難得開了空調，希望空氣能平靜一些。

鈴響，八小時又到了，這是早晨。我們一夜都未闔眼，身子都感艱難。她吃了止痛劑，又看著香噴噴美滋滋的罐頭早餐，只嚐一兩口，就不吃了。把她抱回來，勸她多吃兩口，她看了一眼，撇過頭去。

不睡，又不吃，日子像被倒了一罐油漆，無論是猩紅色或鐵青色，都異常濃稠，刷也刷不開，洗也洗不掉。

陽光房照滿清透的光，屋外四隻浪貓又定時出現，他們渴望著我的眼神給我一絲活力。我為他們盛了飯食，送到門口，他們吃得可歡了。阿妹曾經那麼討厭他們，至今她連討厭的力氣都沒有了。

我們在夏日草木蘢蔥的時候，都像壓傷的蘆葦，蔫了。

阿妹嚴正觀望屋外四隻浪貓，不喜歡他們天天來訪，這是五隻貓一起入鏡的惟一照片，攝於2018年（林煜幃攝影）

●詩之三

七月的血歌

盛夏風鈴喃喃翻閱那書
綠草在瘋長和燃燒的邊緣計算
鳥鳴的分貝
我聞著你身上的味道
想著古老遊戲的通關密碼
誰找到校稿中九十九隻獻祭的羊？

雲飄著飄著成了一朵血
駱駝飛過針的眼
寫下十年奧祕的語言
你知我知神知
十字架上豈止一個人
愛情的凝噎能震崩肉身的煎熬嗎？

血跡不也成了詩句
在虛構和紀實間排列墜落

還能相擁而眠嗎？
別過頭，你的眼睛不說話
你的眼睛也在呼喚創世記
那未完成的血的憐憫和
哀愁嗎？

壇台的柴火早已備好
一切都已預謀好了那場相遇

是誰和恐懼締了盟約？

刀鋒揮出一塊魔術巾
消失了一個永不回首的故事
卻又留下了

血

天起風了
神啊，你在哪裡？
死亡隨木槿花的香氣而來了嗎？

潔西卡

潔西卡是一位貓天使。

她替我買了一些菜來，白蘿蔔、蒜蓉辣椒醬，還有米。又帶一些藥來，以防七月二十二日以後，阿妹若不赴醫院，或有東西可以減緩疼痛。此外，她聽說阿妹喜歡某一品牌的雞湯，也買了幾包來。

阿妹幾乎不吃固態食物了，只吃一些湯品。有時自己吃一點，有時我餵她吃。若我餵得不恰當，她還會吐出來。當我抱她的時候，可以感覺她的腹下鼓鼓的，也許是膀胱積水吧。這是有危險的。尿毒症一旦發作，死日就不遠了。

潔西卡不傾向安樂死，卻有條件，就是忍不下心了。什麼時候忍不下心呢？只有自己的良知去判斷。她又建議我給阿妹擠尿。挖糞我會做，擠尿聞所未聞。她後來傳了一些影片來，果真有人為貓擠尿。

膀胱是一個有彈性的水球，捏太重會破裂，捏太輕又無效；擠壓力道如何拿捏，全在人手的虎口上。影片教學方法不一，有的是叫貓仰躺，有的是把貓舉在肩上。我先試了前者，阿妹很不願意，大聲抗議，氣噗噗。我向她道歉，把她抱入懷中，輕柔撫摸她的頭。

兩個鐘頭後，我再試用一手舉起她，一手以虎口擠壓她的膀胱。（這時，我摸到一種不可忽視的強烈實感，那就是腫瘤吧。）在阿妹的抗議聲中，我慢慢摸索。第一次，不太成功，但好像可以再試。單手舉起，虎口就定位，摸，擠。有了！噴尿了。見尿如見彩虹，雖然還是臭，還是有血，卻帶著希望而來。

我將這消息告訴潔西卡，她跟我一樣高興。

這幾年，阿妹在我出遠門時，都被交託給潔西卡。有時我一去，一個月或四十天，季節又可能是嚴寒的冬天。而每天早晚，潔西卡都冒著冷冽天氣，有時還有風雪，開車到我家來，就為了給阿妹和屋外浪貓一頓飽飯，從無間斷。想想，真是感動。非常感動。

但阿妹不懂事，她對潔西卡不友善。每當潔西卡抱起阿妹，要餵她喝水時，阿妹都以尿注回報。潔西卡被噴得一身尿，來信哀怨，卻從不抱怨。她衷愛小動物，說是她生命中的軟肘。每說到以前豢養一隻小狗不慎，害牠熱衰竭而死，就總是抑不住激動，眼眶泛紅，淚水直下。她把那隻狗衰亡時的煎熬疼痛想像在自己身上，愈想愈傷心，愈想愈自責。此後，她不再養動物，卻樂於當個保母，用心用真誠待他們，照顧他們。

一年冬天，我在上海，她寫來一段話：

阿妹很想念你。剛才她躲在角落裡不肯出來，我找了一段你的錄音放給她聽。她一聽到你的聲音不只馬上跑出來，還用手想抓聲音的來源，坐立難安的很。我就順勢抱她起來安慰她一番。

讀著這段話，我覺得多麼美多麼心痛。

今天，潔西卡也提醒我，給阿妹多多拍照吧！喔我懂她的意思。是時日不多了，一天就是一天，一小時就是一小時。世事無常到像賊一樣，什麼時候會侵門踏戶，把命奪走，誰也不知道。

阿妹，來，看這裡。

手機鏡頭下的阿妹，突然翻出白肚，扭起身子來。她發出呼嚕聲音。

呼嚕，呼嚕。

有光有愛

按下錄音鍵，阿妹的呼嚕聲被保留下來。

她認得我的聲音，我能認得她的嗎？如果有十隻貓都錄下呼嚕聲，我能一隻一隻去辨認阿妹的聲音來嗎？我沒有十分把握。不！也許我可以。我用心靈深處去聽，回到我們相愛相親時的記憶裡去聽。

阿妹在病痛中，在可能即將安樂死之前，又發出呼嚕聲，是要我記得我們曾經有過的快樂嗎？或者，她正在用自己的方式，向我述說遺言？

是什樣樣的遺言呢？

也是在這時候，臉書上出現一則私訊，是一位只有一面之緣的身心靈導師寫來的。她從我的貼文得知阿妹罹癌的消息，動了慈心，前來給脆弱無助的我一份安慰。她甚至願意為阿妹祈禱，但願天地間有能量來扶持阿妹。

這是一份祝福。

就在這份祝福中，阿妹來跟我一起擠坐在沙發上，我也放輕內心的掙扎，只是眼眶濕潤。我和阿妹都接受了這份祝福。

阿妹夜晚睡前與我一起在床上看書
（攝於華倫路住所）

七月二十日，阿妹吃了一些罐頭，頻尿的次數減少一些，但更好的，是午後，阿妹主動跳到長沙發來，臥躺在我的胸腹間，像一個有依有靠的嬰兒。她睡著了，我也是。我們都累了。身心疲乏。

約兩小時後，阿妹醒了，上廁所。不久，又上廁所。

血，糾纏不去。

血水，深深纏綿。

她的身體欠安，但眼神依然清亮，與我有交流。那是相知相親的人才能有的心靈交流。哦！她的眼中是有我的。

她的遺言是她愛我，是嗎？

在那看不見而奧祕的氣域裡，會不會有光和愛呢？

有光，有愛，在我的阿妹身上。

兩顆球的宇宙

嗯，一顆大球裡面有一顆小球。

大球彈性漸失，皮肉黯淡看似佝僂老嫗，哼哼唧唧，一臉暮色。小球正相反。小球原本很微小，又瘦弱，像泳池裡的一株小草，安靜而猥瑣。一次，大球問小球：「你在這裡做什麼？」小球說：「我餓了，我孤單。」餓了就要吃，孤單了就要找伴，想要繁殖。這樣小球漸漸長大，充滿活力。

小球也是從小屁孩長起的。小球有時安睡，如繭蛹；有時躁動調皮，像野人，像小魔鬼。小球以小草的姿勢，在池水的幽幽歲月裡，一直擺盪著，直到它長成了「它們」，聲勢壯大，像流氓結伙鬧事，這才知是一株毒草。它們憤怒，它們咆哮，它們甚至拿刀動槍。

大球若是一個國，就是國內有了暴動。一群土匪燒殺劫掠，處處見血。大球受到刺激，既煩惱也感到疼痛。大球求救，救援來到。壓制一時，不日，暴動又起。小球變成了有血有肉，性子頑劣的山寨頭子。殺伐再起，血流成河。

是，大球衰頹，面色愈來愈淒慘。

是，小球狂躁不安，形勢愈來愈不受控制。

是的，小球一直展現它的剛硬拳頭，和堅實力量，摸起來像一顆高爾夫球。

但是！大球像被太陽照射了一樣，浮現了光。光微微。光，一直來一直來。好像也聽見了聲音，是誰在說話？是誰在唱歌？小球平靜下來，像鬧過了，想入睡的魔人。世界和息了，溫暖了，有了安全感。嗯好像浸潤在愛中。

愛如潮水，輕柔地覆蓋球體所在的這片宇宙。

無情亦有情

阿妹是寵物嗎？

Z老師不喜歡貓，他常公開說貓的壞話，嫌有貓的家味道不好。他更嫌棄貓的個性，說貓自私，哪裡好就往哪裡去，從不在乎別人（其實別人，就是指施恩給貓的人）。他不喜歡人養貓，親近貓，像怕人被貓帶壞一樣。Z老師喜歡狗，說狗忠心，對主人有認定。

Z老師明明知道我有阿妹，卻仍然對我們說這些話。當他說這些話的時候，他還有一個身分，就是我的老闆。所以他說狗好的時候，我總覺得他是希望人人都有狗的忠性才好。

我也喜歡狗，誰看了忠犬八公的事蹟，能不泫淚呢？

阿妹身為貓族一員，已經被貼上不忠不義的標籤，這樣的她還值得愛嗎？或說，這樣的喵星「人」還算是人嗎？

再進一步說，「忠義」是生而為人的標準嗎？人應該像「狗」一樣，任人打罵，受人欺侮，也要低頭哈腰，擺尾乞憐，一路追隨到底嗎？「施恩者」應以什麼自居？施恩者到底該握有多少「權力」？人類社會對施恩者的「美德要求」又應該是什麼？

我是阿妹的主人，或她的施恩者？阿妹應該對我忠誠嗎？即或我得罪了她，她也用高亢的聲音表達不喜歡，用低嗚嘶吼的語言表示憤怒，甚至張爪作勢要攻擊我、抓我，讓我後悔莫及。而這些，在我看來，是再正常不過了！

阿妹沒有權利為自己尋找更好的幸福嗎？

現實中，她是被我這「施恩者」給囚禁起來的，當然也是被我豢養起來了。她沒有能力罷免我，也逃不出去。就算她有再多的計畫，仍是被我牢牢抓緊在手中，控制在我的權威之下。這是她的幸福，或是她的悲哀？如今我（們）因為給了她一口飯吃，就可以視她為玩物，就不准她叫，不准她說出怒言嗎?!

我雖也幻想阿妹能像《遇見街貓Bob》（*A Street Cat Named Bob*）那樣，給我帶來人生奇遇，以寫出暢銷書，拍攝電影，賺進財富來「報恩」，但我終究覺得自己過於傲慢，為自己懷有施恩者的貪婪，而感到羞愧。

難道她給我的還不夠多嗎？

她帶給我的喜樂、安慰，和終年不斷的陪伴，難道不是財富嗎？哦！她給我的比我給她的，永遠多了太多。（謝謝妳給我這麼多這麼多這麼多！）

她也不記恨，有時生氣了，一臉奧嘟嘟，過一會，我哄她，她也就接受了，讓我攬在懷裡。她雖不用熱烈激昂的詞彙，用豐富誇張的情緒，用忠貞感人的行動，來作為她的文本，但誰能說她是絕情的？

貓看似「無情」卻非「絕情」。無情是不動聲色，冷靜觀看，了然於心的「有情」。絕情是逆著心走，澈底斬斷情念，封鎖自己與他人。阿妹不懂忠義，不能捨身救主，不願使自己受半點委屈，她總是最能分辨人情事物的好壞。她的情是照著自己的意思走，不是按你的規矩來成方圓。

她若以千嬌百媚來依蹭你，那是她賞你的，你要回報的。

她的世界乾乾淨淨，兩不相欠。

不！到底還是我欠得多啊。

她更想活吧

七月二十一日，D來信，約明日下午來看我。他不知道那一天的那個時候，就是我帶阿妹去安樂死的時候。這是教會裡的一位青年弟兄，聰明善良，學業成績優異。我不想拒絕他，因為這也許是個信號，使我順勢推延送阿妹去醫院的約定。

阿妹跑廁所的間隔時間拉長了，從三、五分鐘跑一次，到三、五個小時去一次。其餘時間仍像以前一樣，能跑能跳能睡，若不說她的病況，大概看不出已經是一隻臨危的貓。

D按時來了。他知道我最近受些打擊，心情處於低點，臉上的興奮不多，他也把自己放低，跟我一致。我們看了阿妹一眼，阿妹抬頭看D，不認識也不躲避，就仍獨自臥在一張沙發上。

屋裡只有自然光，從窗外照射進來，輕輕淡淡的顯影和陰影。空氣靜緩流動，像一首無聲小調。我慢慢談，他默默聽，有幾次發出嘆息。我知道我說的，他都懂，都理解。在他的同情和理解裡，我好像釋然了許多。

D看著我，最後說：「我們來禱告吧。」

八月陽光大放，但明天是什麼，我們一樣不知道，只知道今天，知道此時此地，她安臥在我床上

我們閉上眼睛，他先開口禱告，我阿們，然後我禱告，他阿們。

D起身告辭時，我還是問了一句：「我該怎麼辦？」

他說：「她更想活吧。」

稍晚，我寫信感謝他來，而他回了幾條訊息：

哎就讓貓快樂的活著吧／她自己也不知道這些事／她也只想你陪著她吧／大概她也不懂那麼多／你是有她陪伴很好／她也是這麼覺得的／其他的都先休息

給她安樂啊這種沒必要／就你懂／她可不懂

就正常生活／順其自然／貓那麼敏感／她知道你愛她的

有你她更舒服吧

讀了這些話，我那時便決定了，放棄回去醫院。我要一路陪她，終日陪她，直至她丟下最後一口氣。縱然再煎熬，我所能為她做的，就是陪伴，再陪伴。

不離不棄的陪伴。
阿妹，妳是有我的。

●詩之四

九十六小時

時間趕走鳶尾花
又來摧殘百合
下一個又是誰？

他不是綁匪卻給我們
九十六小時——
那凝結成十二冰塊的九十六小時
被交在我們手裡啊

巨大的松柏看不見九十六小時
但它們知道那天有雨

逝者如斯
時間向前奔流也向後退滅

有限的也是無限的
九十六小時成了無時無刻

一秒一粒金沙迴光
一刻一次華美十年
一時一場生生世世的約會

取出一塊冰，如抽取八小時
如融解蠟燭的十二分之一
如敲響一次午後放學的鈴聲
如乘坐夜車穿行愛與痛的邊境

誰能超越時間，誰就是
神，所以
我們終究會數到第九十六小時

耶穌哭了

雨難斷又斷，反反覆覆
我們宣布世上沒有

九十六小時
我們殺死九十六小時
守在有風、有沙的青青牧場

她在，我在

阿妹從醫院回來，已經過了整整四天。只要她還有一絲氣息，她都有我守著，守著我們僅剩的不多日子。像月亮守著地球，不論她看得到我，或看不到我，我都在那裡，被她牽引著，不能離開，也不會離開。

近日，她的情況並不穩定，時好時壞，我的心情也像洗三溫暖，溫度忽上忽下。好比說，有一晚她不知遇見什麼，半夜哀鳴，並發出一種嚴厲警示聲，表明有危險，害怕了。我趕緊下樓查看，卻沒有看見什麼。這種情形以前也有，但我總查不出她到底遇見了什麼。

早上情形還好，她睡得很平靜，也

末了兩個月，她最常臥睡在陽光房的這張椅子上，我們相守漫漫時光，知道彼此都在身邊

能吃能喝。下午有朋友來，也許說話大聲了，使她感到不安寧，情緒緊張，所以血尿較濃，而且有很輕微癲癇的症狀，那是從尿毒來的一種反應嗎？

有時，她也主動來臥在我身上。有我，她覺得安適；有她，我覺得滿足。我是她的惟一，而她於我，又何嘗不是？

夏天日照長，二十四小時中，我盡量維持該有的生活作息，但總是跟她同處於一個空間，感受彼此的存在。天陰天晴，月黑風高，她知道我在。我一抬眼，一轉頭，也看得到她，知道她的一切舉動和情況，知道——她在。

她在，我在。

喀嚓！喀嚓！

我聽取朋友建議，每天為阿妹拍照。

清晨、晌午、午後、晚上，凡有光的所在，我都拍。我站著拍，坐著拍，趴下來拍；我俯著拍，仰著拍，連躺在澡盆裡也拍。

阿妹在我泡澡的時候，每次都被強迫跟我關在一起。她怕水，見水如見天敵，想逃，卻逃不出。逃不出，又好奇，就跳到澡盆旁的皮墊椅凳上，蹲坐著看我。是看我怎麼不怕水嗎？還是看我什麼時候溺水，她要「義不容辭」跳下來救我？嗯這樣的眼神真好，喀嚓！喀嚓！我又連拍了兩、三張。水氣薄霧中，她若隱若現，好像是真實的又是虛幻的。

她又近又遠，我突然想哭。

阿妹的眼睛是會說話的，滿腦子心思，像我。記得她剛來時，我拍了照片，她被嫌醜呆，一副可憐相。幾年下來，她身上似乎有了氣場，姿態千百種，更多是優雅迷人。她看你，那雙眼圓滾滾的，又可愛又明亮，但也犀利具有感情，顯出自己的個性。當然有時也有慫樣，丟了氣場，叫人噗哧想笑。

這陣子拍照，她多半是睡著的。睡在椅子上，睡在門口上，睡在沙發上。當她黏著我，像一個撒嬌的小女兒，靠躺在我身上時，我只能自拍。自拍的效果都不好，但我喜歡這些自拍，因為這都是我們的合照。不知拍了多少張，用了多少容量，我也不知將來敢不敢去看這些照片，但我知道，我再怎麼拍，都比不上煜幃所拍的阿妹。二〇一八年，煜幃和淑涵終於來美，我接待他們。阿妹通常不迎生，見他們拉著行李（其中有一大箱是送我的禮物啊）進門時，竟只是看著，行抬頭禮，沒有表露喜厭。

煜幃到底是專業攝影者，只要給他光，他就能拍出叫人愛不釋手、念念難忘的照片來。為貓拍照其實不容易，但是阿妹面對煜幃的鏡頭，既不閃躲，也不失態。她把自己最美最美的神采，送給了煜幃。

阿妹有幸，能被專家攝入永恆的光影裡；我亦有幸，能一生擁有這些珍貴美好的圖片。

誠然，像阿妹這種貓到處都有，非常普通，極為平凡，但我的阿妹，她是獨一的，是平凡中的不平凡，絕非俗物。

不信你看！

▍煜幃鏡頭下的阿妹端淑自持，明目有神，心氣很高

星空踟躕

如果攝像是煙火裂放，攝影就是日月一起移動。

如果攝像是一滴水珠的晶瑩，攝影就是一條水流的收放。

黑白是靈魂，彩影是愛情，銀色是未來。

手機上，一指滑動，就從攝像轉成了攝影。窗外颳起一陣風，把院子裡的樾樹撩得活蹦亂跳，沙沙作響。一地光影碎亂，塵事徘徊。阿妹坐在陽光房的紗門前，看著屋外動靜。風中有什麼消息嗎？

天很藍，雲很白，樹和草地青青鬱鬱，她的背影顯得滄桑優雅，又溫柔堅挺。我一時動了容，但不敢去

獨自對著紗門外沉思的阿妹，她一定知道生命的終線就在不遠之處了，她有什麼遺願嗎？我一無所知，一無所知

抱她吻她，怕她受了驚動。只有拿起手機，滑入攝影功能，好好坐在原地，將她的沉思，風的喧鬧，樹的騷亂，雲在藍天中的分散重聚，用時間記錄下來。

拍攝設定的鏡頭不短不長，但是固定不動。我的手以桌椅為支點，盡量屏住呼吸，或者說，我隨著阿妹的呼吸而呼吸，隨著雲的從容變幻而調整心跳。日頭支頤著，翹出一隻光亮長腳，扣進窗門來。時間一秒一秒而去，我的心一分一分沉澱下來。這是我們的今生今世。

阿妹不轉身，只回頭看我一眼。數秒後，錄影停止。

時光如塵，星空踟躕。

●詩之五

一天

光踩破黑暗騎士的盾牌
對決他的刀尖
鋒刃早有斑斑血漬於地
蒼蠅發了一則臉書寫著：
木槿花開了，有紅有白。

泥土不痛
塵埃招聚塵埃的小說世界中
一隻漫不經心的蝴蝶飛來問楓葉：
道上野草是否有毒？

痛不痛？
露水為柳永的雨霖鈴心碎了一夜
對著按時跳躍而去的浪貓說：
白天與黑夜有何不同？

我們整日沐浴在太陽的清輝下
仰望電纜如五線譜橫空作曲
天上人間
多少人唱過奇異恩典？

神，痛不痛？
萬年前神呼了一口氣
那是生命？還是嘆息？

病中，阿妹沐浴在清透明亮的光中，誰在為她祈禱？

放生嗎

不曾見阿妹如此暴牙咧嘴，一瞬間黑化成小魔鬼一樣的面孔。

那一天，她被套上牽繩，帶到後陽台的木欄平台上，因為聽了朋友說，後院草地上的大自然氣息，可以給阿妹帶來正能量。阿妹一向不願外出的，好比去年冬日照耀時，她被我抱著坐在前廊上曬太陽，才出門就撒尿，硬把她撫壓在我身上，仍顯得一臉不安。她的意思很明白，要回家，外面怕怕。

雖說怕，但搬來樺木街的時候，有一年夏夜，她也嘗試到前廊上來散步。她走著聞著，突然一個快步，從木欄的間隔中跳出去。她躲在廊底下，捉不回來，也喚不出來。她為什麼要這麼做？

她聽見我喚她，也知道我擺出罐頭來，卻依然不受吸引，堅持待在陰暗雜蕪的廊底下。門前有路燈，樹影幢幢，涼爽氣息。我坐在前廊上，不知該繼續等下去，還是讓她選擇自己的道路？

放棄吧！不，再試一次。

她又聽見我的呼喚，也看到了熟悉的罐頭，正要出來時，見我想捉她，又躲回去。她不認得我嗎？或她不想認我了？她是決心盼我放棄她嗎？

唉！我退了兩步，蹲在地上，安靜等她。

不久，她又出來，想吃罐頭了。這次我讓她好好吃幾口，就一把衝上去，捉住她。她到我手上，也不甚掙扎，就結束了這場驚魂記。

而這次，大白天的，她在木欄上走的時候，我隨著她走，豈知她立刻面露極度凶相，牙齒牙齦完全曝出，並用高亢尖銳的聲音，嚇阻我，排斥我。我想摸她，她甚至幾乎失控要抓咬我。那一刻，真有那麼一刻，她看起來像一隻瘋狂的小野獸，小惡魔。

她不認我，也不認這個家了。她的態度不明，卻似乎是要我「放生」，讓她回歸自然，同時在自然中走進死亡。這是對的嗎？我應該這麼做嗎？如果這是她要的，現在我就放手吧，是嗎？

她最終還是被迫回到屋子裡來。一回來，就變成那隻溫雅又楚楚可憐的家貓。那麼，到底哪一個她才是真的呢？

也是在這幾天，我有日跟家人在線上說話，語氣一時激動起來，分貝拉高，她即刻快步走來，拉著我的手臂——是的，就像人拉著人的手臂一樣，眼神憂心忡忡，勸我冷靜下來，這樣不好。

我摸著她，又摸著她。
她看著我，又看著我，直到我們溫柔相視。

夏風拂動樹影，阿妹坐在窗沿上多時，不知想些什麼，身形蕭然漸瘦

匍伏前進

七月二十九日

阿妹今天也會玩，撓沙發，目光炯炯，很可愛。

八月二日

阿妹沒有很好，也沒有不好，好的時候很好，跟以前一樣，不好的時候還是血尿，尿量少。早上吃飯，晚上不吃飯。半夜她躲起來，我喚她，她來我身旁。

八月四日

這兩天能吃飯，晚上還是跑廁所，白天多半在睡覺，睡得很美。

八月七日

她最近都吃得好，睡得好。好些時候，我覺得我們根本回到從前的日子，沒有

她躺在陽光房的地上午憩，那臉上説著她正在癌魔的刺網下匍伏前進

癌沒有病，只有甜甜地相依相伴。

八月三十日

她還在，我們依然在癌魔的刺網下匍伏前進。

能吃能睡能跑能跳，依然有腫瘤有血尿。

每一天都像最後一天，每一天也是彼此相伴的一天。

是的，我們至今都艱難地活著，但內心也比以前平靜。每一點每一天，我們一樣需恩典。

大湖路

車內U盤隨機播放音樂。

魔力紅、伊蓮妮・卡蘭卓（Eleni Karaindrou）、諾拉瓊絲……大湖路（Lake Road）又叫黃金水岸（golden coast），這水是伊利湖。

成了二十四小時看護之後，我把重心和注意力，都放在阿妹身上。有時我也讀書、上網，甚至寫作，但是沒有一刻離開她。累不累？累。有時覺得看護比病人還累，但，我願意。

除了割草是必要戶外活動外，我已一個多月沒有出門，日常採買全靠友人幫忙。朝朝暮暮，我把自己封鎖在家，過最簡單最平淡的生活。朋友來信，囑我保重身體。母親來電，叫我不要過分悲傷，也要顧好自己。Z老師來電，殷殷勸我不可自虐，應每日開車出去透透氣。

芭芭拉・史翠珊（Barbra Streisand）、莫札特小夜曲、普契尼歌劇精選……車子從車庫倒駛出來，經過陽光房的窗戶，我停下來，喚阿妹。她跳到窗沿上看我。我說，阿妹，我出去一下，半小時就回來。妳乖乖在家等我喔。

朴樹〈生如夏花〉、酷兒樂園〈Viva La Vida〉、Rufus Wainwright

湖木公園暮春夕照之二（林煜幃攝影）

〈Hallelujah〉……夕陽未至，風徐徐，溫和舒適。大湖路幾乎不設紅燈，一路40或45哩暢行，兩旁樹木高拔茂盛，屋宇有型有格局，豐美得目不暇給。車內和眼前世界，被感性音符的波浪沖刷著，淡藍色的眼睛。

湖水緩緩悠悠，一望千里，蔣勳朗讀〈王維詩選〉。淡藍色有紅光的天空，青年人赤裸上身在路旁公園玩滑板，賽門和葛芬柯正在唱〈Scarborough Fair（史卡博羅市集）〉。阿妹獨自在家，她給了我十年。永別是必然的了，就在不遠處。路的盡頭長出一叢紫雲彩霞，淡藍色銷魂的天空，我想回去見阿妹。我是屬於她的。Sufjan Stevens〈Mystery of Love〉，心口悸動著的浪漫，而帕爾曼的小提琴一觸弦，就總是情感飽滿。

十分鐘後，就要到家了。娜娜・穆斯酷莉（Nana Mouskouri）常莫名撫平我的心。沒有阿妹的日子，會是什麼顏色的呢？下了交流道，家在前頭右轉，再右轉。樺木街，這是我和阿妹共同住過的第三個房子。蔡琴〈怎麼能〉。

怎麼能把你遺忘？

●詩之六

又一天

誰的兩手滴下夜露
抹去了那道門的界線？
耶路撒冷的古牆上佇立一隻
貓遙望了三千年的
生死，都在月光朦朧下
寫成神話

親愛的，我喚你
我喚來了你柔切的回答
是什麼牽動你的心來我身邊
像嬰兒回到了搖籃
像情人找到了胸膛

我說過
我是你的小船，可以帶你去
獵尋白雲裡的小兔子

我是你溫暖的床墊，可以跟你
一起呼吸，一起看書，一起
做夢回到起初相見時的
悸動

屋外的小樹想探頭來看你
囑你跟他一樣
好好吃飯，好好睡覺，因為——

天亮的時候
芒果就熟了
北極圈用野火燒成的淚海也好了
第一朵灌木叢中綻開的小菊花會問那
有風晴爽的天空說：
早上好！

而我們依然
會艱難地懷抱希望說：
主啊！可憐我們吧

病中，她睡在陽光房椅子上，與我一同度過所剩不多的每一天

我的所有所有

我想我快不行了。

是的，痛。刺痛。腫痛。忍耐似乎要用完了。氣力一點點在消失。

這件事，誰都無能為力吧。

我也不求什麼的，這一生有過他，足夠了。

最難忘的是靠在他身上；他讀書，他打電腦，他看電影，我都陪著，倚靠著，黏躺著。最難忘的也是夜晚，他一手給我當枕，一手抱我入懷。我的背緊貼在他的胸腹間，沉沉入睡，夢境香甜。他是最溫暖的藍色。

更難忘的是他磁性柔軟的聲音，尤其是他出城回來，一進門就喚我的時候，那是天下最好聽的聲音了。而這次，是我要出門了。自從跟了他，我就沒有出過門，他是我的所有、所有。

是啊，我將遺落他，自己出門了。我將去的地方也是風所去的吧。但以後，誰來擦他的眼淚，成為他的安慰？又誰來佔有他的心，叫他氣憤懊惱？我能成為風再回來嗎？我能再摸摸他的臉嗎？

他是不吝惜把最好的愛給我。

他愛我，我是了然於心的。

我又何嘗不愛呢？

喔……他要去哪裡？那人有事來找他，但他不好在這時刻出門。留下來吧。真的，我得告訴他，請你、請你留下來。

妳走吧，妳走吧

阿妹艱難下樓梯來，開口喵了一聲，那一聲，我聽懂了，朋友似乎也聽懂了。他立刻囑我別出門，事情下次再辦。說著他便要離去。送走他之後，我默默把門關上，然後，回頭看阿妹。阿妹坐在那裡，她的眼波裡全是我，我的眼波裡全是她。

謝謝你，阿妹說。

是時候了嗎？我問自己，又像問阿妹。

這幾天阿妹瘦了，抱起來很輕，皮肉不再豐腴。她的活動力也弱了，似乎正在把生命能量調到最低用度。我親吻她，明顯聞到了腐臭味。從前三重埔家中的狗，在離世前幾天，嘴巴也出現了同樣味道。狗叫親親。二〇〇六年，我返台在家，發現親親好像快嚥氣時，家中只有我一人。我請親親再等等，說弟弟就要回來了。立馬我打電話給弟弟，卻已來不及，弟弟入門時，親親已亡。我永遠忘不了，弟弟一到家門口，掏出心一樣地呼喚：「親親啊！」

是時候了嗎？我問阿妹，又像問自己。

我準備好了，又好像沒有準備好。而她，卻再也由不得自己了。

日薄西山，一抹夕陽頂不住黑夜的重量了，但我感到她仍勉力在發光。是捨不得生命嗎？是放不下我嗎？是為了讓我好好完成準備，才撐活了兩個月嗎？主啊，這兩個月的每一天，都是恩典，都是恩惠，都是珍貴。

末後這幾天，她已不吃不喝，只見憔悴。夜晚，蟲鳴月吟。她被抱到床上，睡我側旁，但她堅持睡在床尾。我便也倒轉過來，臥她身旁，用一手觸著她，連繫於她。她看我，眼睛不說話。

今晚，她又被抱到床上，神情呆茫，眼睛漸失光采。我突然再不忍她這樣活了，把臉輕輕貼在她頸項上，反覆告訴她：「阿妹，妳走吧。」「阿妹，妳走吧。」「阿妹，妳走吧……」

那是九月二十一日。

10:45 AM

夜漸漸亮了。

阿妹不是在夜間離開的。

隔天一早，九月二十二日，涼風乍起又歇。阿妹眼睛睜著，嘴巴微張，神色漸渙。我摸她，撫她，發現她已不願意動，只有心跳所帶來的身體輕微起伏，便知道是今天了。

「阿妹，」我心裡呼喚她。

她的時候已經到了，我正面向它，既平靜又激動，既寧和又難過。永別，就在這一刻要發生。她包覆一條大毛巾被抱起，下樓，放在陽光房的長桌上。我仍然給屋外的浪貓準備食物，也給自己沖一杯咖啡，坐下來。

此刻她要什麼呢？我把一隻手給她，放在她的手掌間，一隻手拿著咖啡，邊喝邊看天，看了天又看她。我想嘆息，嘆不出；我想哭，哭不出。這一分一秒，我一口一口，細細地吞到心底去。這是主日早上，四周都比平日更安和。

「阿妹，」我終於喚了她。

她的眼睛不轉動，口角有涎，身體僵直，心仍跳動。我伏身環抱她，一句一句告訴她：「阿妹，謝謝妳，我愛妳。」「阿妹，謝謝妳，我愛妳。」……我最後所能講的話，竟是這樣貧乏，這樣有限。

約10點45分，阿妹突然劇烈抽搐，她要走了。我的淚水流下來，「阿妹，我謝謝妳，我愛妳！」「阿妹啊，我謝謝妳，我愛妳！」

抽搐停止，魂已歸矣。

我放聲大哭。

▍正等待吃早餐的四隻浪貓們，準點坐在陽光房的門外，攝於2018年5月底
（林煜幃攝影）

●詩之七

別

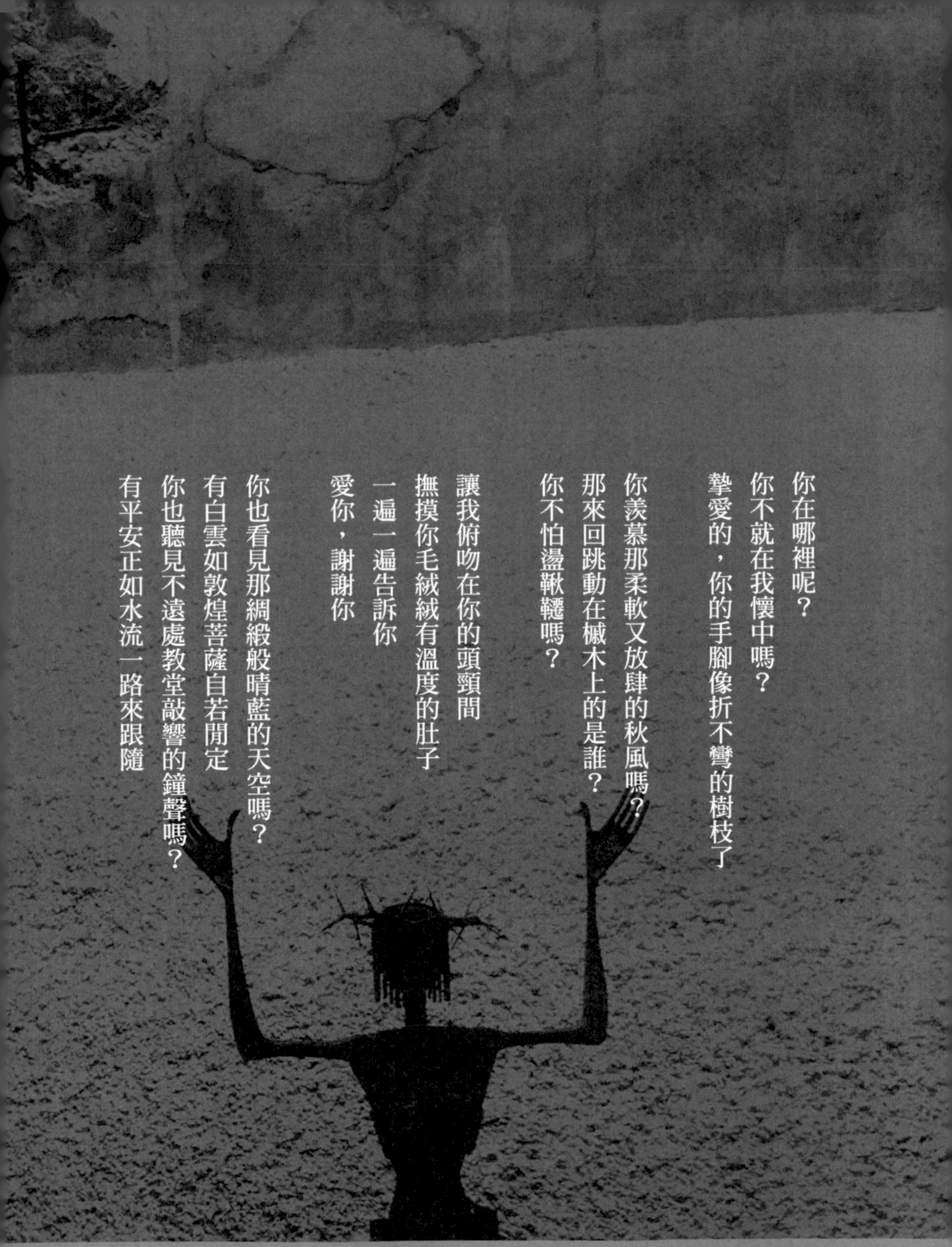

你在哪裡呢？
你不就在我懷中嗎？
摯愛的，你的手腳像折不彎的樹枝了

你羨慕那柔軟又放肆的秋風嗎？
那來回跳動在槭木上的是誰？
你不怕盪鞦韆嗎？

讓我俯吻在你的頭頸間
撫摸你毛絨絨有溫度的肚子
一遍一遍告訴你
愛你，謝謝你

你也看見那綢緞般晴藍的天空嗎？
有白雲如敦煌菩薩自若閒定
你也聽見不遠處教堂敲響的鐘聲嗎？
有平安正如水流一路來跟隨

你在哪裡呢？
２０１９撥入十年（只有十年？）
０９２２是七日的第一日，１０４５是早晨

這是主的日子
耶穌從滾開墓石的死亡中走出
聖徒聖詩高唱自由，從此
不再受苦不再縛

神愛世人，不是嗎？
你是我異土最親密最親密的人
今晚，我共你飲一杯吧！
我們一起微笑著，並把
剩下的酒灑給九月清涼的月光
和即將沾滿夜露的
青草地

恍惚的默片

一切都如想像中的，自然發生了。

走過病苦，來到死別，而我們沒有葬禮。我只通知了幾個家人朋友，就去網路上找動物火化場，預備明天給他們打電話。我把阿妹仍放在陽光房長桌上，用毛巾被蓋她的下半身，好像看她在睡覺一樣。

我把屋子澈底打掃了一遍。

晚上，我吃的很簡單，但給自己溫了半壺清酒。夜，微涼的青黑色。阿妹被抱到房間地毯上。我坐在床上用電腦，網路影片正在播放中。可世界靜的靜的，一點聲音也沒有。我身在色彩之中，恍惚又在默片時代。

九月二十三日，晨，小雨。聯繫了火葬場，阿妹被放進紙箱中，抱到車上。阿妹不喜歡坐車，每次上車都不安，我也盡量安撫。這次，我們誰也沒有說話，車上隨機播放的是George Winston嗎？

雨，在淡淡光中。天空又灰又明，黑雲和白雲互相推逐。溼漉漉的90號州際公路，有的車輛濺起了水聲。我緩緩按圖前進。這不是高級送殯車，也只有我一人，參與了這場告別式。

到了，在一間明暖的客廳裡，我簽下火葬委託書。一個叫Tony的黑人告訴我，下午來取骨灰。我給 Tony 一個日製貓圖金色圓盒，問他能否把阿妹收放在這裡？他看了盒子大小，說應該可以。

再見阿妹時，她果然在這個小盒子裡。她什麼都沒有了，只剩下沒有燒去的一些碎小骨頭。我將盒子捧在手上，貼近胸口，向 Tony 道謝。Tony 沒有表情。

雨已停了，陽光灑在車上，路上。耳邊旋繞什麼音樂，不記得了。空氣還潮溼著，公路逐漸擁擠，我們又要一起回家了。

打開家門，像打開一個新世界，全然不同了。

妳在，妳也不在了。

阿妹病亡後，有日我去美術館，看到這條玻璃走道，秋光清澈無限，突然想起她，想問：妳去哪裡了？

●詩之八

從前從前

我知道你在那裡了
你睡著了，跟從前一樣睡了
是不是？

我知道你在那裡了
你在秋分細雨的早晨路上，
你問我去哪裡，跟從前一樣一直詢問
是不是？

我知道你在那裡了
你乘煙躍上，跟從前一樣蹬得很高很高
是不是？

你知道你在那裡了
你在秋陽破雲沐照而來的路上，
跟從前午後臥我胸懷一樣快樂又安詳
是不是？

我知道你在那裡了
你擠進一個小盒子，跟從前一樣
把自己放進一個空間仄迫而安舒的小地方
是不是？

我知道你在那裡了
你躡手躡腳地走過吱吱作響的地板，
跟從前一樣走過了我的房門
是不是？

你在，你也不在了

2019年9月23日，阿妹火化後被收放在這一個金色小盒子裡，並安置在我房中五斗櫃上

月亮與紅豆

阿妹亡了兩天後，我又去一次大湖路，走近水邊，撿了一塊石塊。再去，便是進入二〇二〇年不久的冬日，城市顯出一分肅冷清白的氣色。

王菲，〈當時的月亮〉。

沒有王菲，愛情的故事不會完整。

沒有王菲的月亮，宇宙會不會暫停旋轉？

D返國時，曾寄託他的兩隻貓給我，一隻叫大白，一隻叫Ricky。大白，不是全身白，而是頭尾披掛了

客貓：大白

客貓：Ricky側影

一身青色虎斑。Ricky，是科拉特貓，據說是一位聰明靈巧的小天才。家裡突然來了兩位嬌客，我在不知不覺間，忽略了失去阿妹的憂傷。

兩隻貓的日常生活之一，就是平躺在我的電腦桌前，要求我提供無限時的按摩服務。他們對我予取予求，簡直把我家當成五星級渡假別墅。D來接走他們的那一日，我寫下一段話：

再見，是一句最簡單又最複雜的話；

說再見，是一件最容易又最困難的事。

在這個既平常又特別的一天，我們一起說了一句再見。

再見，就是要再見！

也是D回來不久後，一種來源不明的傳染病，開始引爆出來。武漢封城，人潮禁止流動，數億人進入緊急警戒狀態。

行在大湖路上，車內已有口罩、溼紙巾和消毒洗手液噴霧。路在眼前延伸，盡頭連著天，但，人是什麼呢？多少次，我追問人的本質，想知道人何去何從，才是一個真正自由的人。可有時候，我也想知道人既為萬物之靈，為何會走向自毀之路？

是不是都忘了那個起初呢？

從起初，人就是被設定在天地間，與萬物共生共存的，不是嗎？正如曾有人與獅子、與海豚、與黑猩猩相親相愛一樣。

在明明德，德若不明，是被泯滅了嗎？至少是被覆蓋了吧。工業革命後，資本主義挾市場操作興起，人的貪婪之心集體躍動，石煤黑煙驟起。隨後，人類進入速度競賽中，近乎失控。

人固然愛貓愛狗，人也殺貓殺狗。殺犀牛，殺鯨魚，殺大象。吃果子狸，吃穿山甲，吃蝙蝠。人類佔領再佔領，生物退縮再退縮。風中一片霧霾。雨林消乏，沙漠橫行，冰山潰敗。大地繁盛，交通密集；大地荒蕪，面目全非。而這一大片一大片土地，曾經也是動物們的土地，是各種植物的家園。

人心深處只在乎自己嗎？所有「文明人」到了緊要關頭，只會互相吞噬嗎？人類會「進化」到一個地步，真的成為為了自身利益，而自願滅絕的物種嗎？我們正在走向彼此破碎，灰飛煙滅的那一天嗎？

「適可而止吧！」我心裡吶喊了這句話。

車回轉，U盤又喚出王菲，我拋下了剛才的思緒。償還／紅豆，這是王菲三十五歲演唱會的聲音。那溫柔而堅持的聲線能帶我們勇敢去愛嗎？

有時候，有時候，

我會相信一切有盡頭，

相聚離開都有時候，

沒有什麼會永垂不朽……

微微風，思慕微微。

3 1 2

1 2019年，大白和Ricky來寄養時所攝，拍攝日窗外雪霽初晴

2 2019年冬，大白和Ricky寄養於此一個多月，他們在樓梯轉角處一起入鏡

3 D寄養的藍貓Ricky是一隻活潑聰明，精力旺盛的小伙子

【附錄】

阿妹與我

猶豫了一個月，我決定把阿妹領回家。

阿妹不知打哪來，今年幾歲，知道她時已經被定點餵食在木屋外。木屋位於城市五十分鐘車程的郊外。住在郊外的阿妹很喜歡人，無論看到誰就前去磨蹭，想與人好。她很盼望跟人一起進木屋去，礙於規定而不許。阿妹獨自在星月朝露，秋風冬雪下生存著。

這是一隻青橄欖虎斑貓，拖著一條折骨的尾巴；大浣熊、野狗、老鷹都欺負過她，她還是活了下來。相較之下，人對她是好的，可是頑皮的小孩也欺負她，嫌她殘肢，說她毛髒。她最喜歡的人可能是我。我

2014年春，阿妹瘸了的尾巴斷了，被繃帶包紮起來（攝於湖木公寓）

讓她在野餐桌上陪我讀書做功課，若要屈躺我腿上睡午覺也可以；我還買香噴噴的罐頭給她吃。

餵食她的人問我：「想不想把她帶回去？我無法再照顧她了。」

我說：「想，但容我再考慮一下。」

所以要考慮，是怕又有離別；那種錐心刺骨的痛，我不敢再嘗試。

所以領回來，是到底不堪了寂寞。

才到家不久，餵食她的人來電：「有準備砂盆嗎？」

我笑說：「有！我以前也有一隻貓的，你放心。」

掛下電話，我領她到浴室，說：「來，今後妳就叫阿妹了喔，這裡是我們的廁所，我在那邊噗噗尿尿，妳在這邊噗噗尿尿，知道了嗎？」說著又抓她右前腳，在砂盆裡耙兩下；基於天性，她知道這是在做什麼。

水皿、食器就定位；她同我都用過餐，我坐下來看電視。這時，她倚偎到我懷裡來，很安適、很舒坦的瞇起眼睛，說她好快樂。這樣的倚偎是以前我所沒有得到過的，於是格外感動，覺得貼心。她一刻不離我，是一位最甜膩又不叫人起反感的伴侶。

午夜就寢，我說來睡吧；她三步併兩步跳上來，臥我身旁，給我最柔暖的體溫和最甜蜜的接觸。我抱她，正要入眠夢，她體下嘶了一聲，一泡屎散著無比騷味，已經在床鋪上渲開。我著實吃了一驚，且是異常覺得意外的一驚。我起身，立即趕她下床，一邊撤開床單，一邊痛罵她：

「臭阿妹！臭阿妹！妳這個臭阿妹！」

阿妹喜歡我，但不喜歡去砂盆上廁所。

我喜歡阿妹，但不喜歡她不在砂盆大小便。

我們交戰，彼此不諒解。此後，我陷入一場巨大夢魘，最佳情人變成恐怖情人。沙發、地毯、棉被，都是她隨性所至，可拉可尿的地方；只要轉眼不見，或出門一趟回來，一定有一頓屎尿奉送在那裡。床單、地毯還可清洗，沙發幾近是毀了，騷氣沖天。

「再不能這樣下去了！」我決定處置她。再送回木屋已不能，收容所已爆滿，尋了幾家有庭院房子的朋友都表示無意願，看來只有丟棄到公園裡去了——但是，她萬一又被野獸欺負了怎麼辦？奔逃到路上被車輾了

阿妹與我自拍留影：她最喜歡躺臥我身上，我看書用電腦，她安穩睡覺。

怎麼辦？如今，我的嫌惡在俱增，痛苦自責在俱增，更糟糕的，我的不忍心也在俱增。

「不忍心」最後是怎麼佔上風的，我不知道。或許事情並不會一直這麼糟，或許她終有一日會改變過來，或許我真是她惟一能倚靠的人了。但我還是會生氣，處女座有點潔癖的我有時真的很生氣，罵她罵得很凶。

結果有一天，她不灑尿了，也不拉屎了。她是因為我不喜歡那些穢物，就竭盡所能抑制自己每天該有的機能活動嗎？一天，兩天，三天，起初我還高興著，少了清潔的麻煩；到第五天我急了，立刻預約門診，醫生說浣腸吧。

浣腸後的她精神不佳，食慾不振——她受了多少苦！但動物不食怎麼得了？我好懊悔罵了她，現在只求她吃一點，多多少少吃一點。二十個小時過去，三十個小時過去，到第四十三個小時，午夜四點時，我感到床畔的她有了想食的慾望，趕緊起身開了罐頭遞上去。「吃了！」我知道她得救了，雖然還吃不多，卻有吃得香的感覺。

那一刻我紅了眼眶，只求一切生命平安。

給我一個黃金夢

朋友祝我父親節快樂，原因是我有一個女兒，阿妹。

阿妹年紀不詳，大概也不小了，她長大後跟著我就有四年了。四個春秋寒暑，我們同在一個屋簷下，一起吃喝拉撒睡。是有了阿妹才知道，生命的基本原型，就這五個狀態。吃好了，喝好了，拉好了，撒好了，睡好了，生命就自然健康。生活平安，無恙無災，可以悠然老去。

阿妹看起來不老，她的眼神明亮如星，食慾旺盛如虎，蹦跳撲跑如足球運動員。她坐立在那裡，看窗外風景，好像一名

她這眼神有戲。那天，我在燈下看書，她過來找我。我看看她，又看看書。再看看她時，就遇見這副眼神，美麗而哀愁，像張曼玉所演的電影明星阮玲玉

剛啟蒙的孩童，對一切動靜事物，皆心生好奇；也好像一名嫻靜的婦人，看待一切煙花人事，皆富足淡然；又好像一名傲立於天的女神，細數世間一切紛擾，皆冷眼旁觀。窗外景物看膩了，她反坐過來，看我。直直地看。她是極出色的女演員，她用眼睛來說話。一切台詞都刪去，有眼睛就夠了。她就是飾演阮玲玉的張曼玉，擔綱演出《為愛朗讀》（The Reader）的凱特・溫絲蕾（Kate Winslet）。她看我，一句話不說，把我的心融化了。沉默果然是力量。

除折瘸了的尾巴，她看起來是那麼美好；白頸腹，黑條波紋橄欖綠，胖瘦穠纖合度，毛色柔亮，曲線天然完美。她不怕生，樂與人親，惹得左鄰右舍人見人愛，有的稱她漂亮寶貝，有的直喚她的名字，有的跪坐地上拍手叫她貓小姐。

是的，她是貓。一隻被迫與我同居的貓。她原來活得海闊天空，自由自在，也多災多難，後來活得出入不得，嬌貴多多，也規矩多多。這個規矩是兩面的，她定我的規矩，我也定她的規矩。有時為著這些事，我們鬧得不愉快，最後都以妥協收場。好比說，她堅持七點半吃早飯，我說不，八點。她氣呼呼，沒轍，只得妥協。好比說，我堅持上床不准尿被子，她不理，半夜還是撒了。我氣呼呼，只得妥協，給她身下墊尿布片。我們相擁而眠。她枕在我的手臂上，或貼在我的身旁，覺得安舒。而我是覺得有她作伴，就不必對著午夜藍，天天獨唱日子荒蕪啊。我們，這樣算不算小日子過得還不錯？

熟知，人生也有掉拍子的時候，不僅腳步亂了，還要變換舞曲。那踉蹌一步來了，她跌入我的懷中，羞得把頭埋進我的胳肢窩。她說，怎麼這樣？我說，沒辦法，只能這樣。小菊花先用嬰兒油濡抹，綿花棒也沾油，緩緩地、極體貼地伸入花門。前導作業完成，食指也上油，以同情的堅持到底的態度，逐漸穿入直腸，如過山棧天險，終於探觸到隱藏多日的敵軍。投降吧！你們無路可走了。敵軍嚇得結屎面，投降成糞。降軍龐大，一團一團被挖出來，讓天下人見得其酸其臭。

我成了挖糞人，這是怎麼也沒想到的。阿妹如一歲嬰孩大的身體，起初掙扎，後來安靜地靠在我身上，讓我每隔五日或七日的掏糞。舒伯特也無言以對的時刻，我只有坦然面對。愛她、疼她、待她，我該如父承擔下來，不是嗎？

醫生總是說，浣腸吧。來的第一年，浣過一次；第四年，浣第二次；隔三個月，又浣一次。不能再浣了，怕她失去自我排便的能力。（大腸似乎不蠕動了。）試過各種方法，化毛膏、軟便劑、杜化液、洋車前子，又買自流器吸引她喝水，砂盆依然無一坨新鮮可喜的貓屎。是誰把屎喻為黃金的？是啊，今天阿妹若去拉一坨屎，我將欣然雀躍，傳報大喜信息：我發現黃金了！

黃金誠可貴，糞便價更高。

眾生吃喝拉撒睡，原來最簡單，最基本，也最重要。

入夜了，她又跳上床來，我擁她入懷。問她：明天妳去大便好嗎？

她打咕嚕。

她沉默。

她睡著了。

誰給我一個黃金夢？

給貓洗澡

貓不喜歡洗澡，沒見過一隻愛洗澡的貓。

再想想，不，貓頂喜歡洗澡，比許多人都愛洗。貓不分男女、早晚、冬寒夏暑都愛洗澡。貓跟日本人很像的，惟一不同的，是貓用口水洗澡。沒聽過用口水可以洗澡，那要有多少口水？何況那裡面藏著多少億細菌哪。

所以我要給貓洗澡。

貓處處跟狗相反，狗對主子忠心到底，貓眼中只有自己；狗以你的旨意為旨意，貓是惟我獨尊。狗在水裡游泳，玩得不亦樂乎；貓聽到澡缸正在放水，就想到地獄的滅命使者來了——既這樣，只能逃，只能躲。

「嗶嘶嗶嘶，阿妹來。」我呼喚貓。

阿妹此刻像逃避希特勒追殺的猶太人，小心翼翼地躲藏在隱蔽處。她天生能躲；躲，有時是為了埋伏出擊獵物，有時是為了保命。別人的性命不值錢，她的性命是框金又包銀。她的命最大。

以食誘引，不成，就強力逮捕。終究只能就範。抱在懷中，只見她的眼神多有怨恨、驚恐，和茫然無措的悲哀。

把浴室的門關好，像把逃生門給堵了，她就完全被擄了。

我自己換了一套衣服，緊緊摟抱著她走入水中。來到水中的貓一柱騷尿灑出來，她嚇得炸天了。想像一名遭遇船難的逃生者，或一隻掉進鱷魚池裡的雞，或《哆啦A夢》動漫裡被丟包在鬼屋之中的大雄，差不多就是那個樣子。

阿妹在水中，僅有一個念頭，僅有一個動作，就是逃。天不要地不要皇冠不要，只要逃。她使勁運用全身靈巧筋骨，張開一時忘了被剪平的銳爪，在我身上到處攀抓，就是想逃。天之涯地之角，就算此後只吃樹根喝山水，她也無所謂。逃難為先。

可是逃不了，她在我手裡。

我坐在水中，她坐在我懷裡，已知「法網恢恢」，大難罩頂，只好就刑。「洗香香喔，」我一面把沐浴乳搓抹在她身上，一面告訴她楊貴妃賜浴華清池的故事。「妳看，人家楊貴妃洗澡，多雍容，多優雅，妳可學學。」她說，什麼楊貴妃，是孤臣無力可回天哪。說著她就放棄掙逃了，把頭鑽進我的臂彎裡（像駝鳥把頭埋進沙坑？），委屈無語。一點辦法也沒有。

最黑暗的時刻終要過去，黎明要來；沖洗好了，用毛絨絨大浴巾包裹她，擦拭她的身體。擦好了，我看著她，一臉笑，心裡有一種滿足，像一個好爸爸做了一件好事。

「走吧。」放開她，她落地躍飛而去，甩我遠遠地，在一旁舔自己。看她用那麼多口水，再把全身舔洗一遍，我站在那裡，輕輕嘆一口氣，說：白洗了！

親愛伴侶

回家路上手機響，陌生來電者，拒接。請他留言。不久又來，我仍不接。車行到水邊大道，看見消防車停在湖木公寓前，鄰居們都站在外面，是失火了。哪一戶失火呢？驀地我猜疑，剛才來電者是通知我失火的消息嗎？那麼是我的單位（unit）出事了嗎？

見不到濃煙火苗，只見進出大門的消防員身上有黑灰末屑，神情嚴肅。車只能暫停路邊，我走近公寓和幾個鄰居打招呼，也問：哪一戶出事了？他們皆答：不知。

以前也有幾次火災，警報器敲響雷鳴，我都在家。初次遇上時，我急匆匆把貓裝進籠子裡，再刻意帶上筆記電腦、手機、護照和皮夾，兩手滿滿從逃生梯下樓去。其他住戶則是慢悠悠地走，有的還根本不想出門，認定了沒事的模樣。兩百戶人家，真正下樓來的沒有多少，即或這樣，仍有些平常不見的鄰居，倒是見了面，聊起天來。

一次半夜，才入夢，警報器又響，我猶豫了一下，還是抓著貓出門去。半小時後，警報解除，似乎一切沒事。再回去，睡不著了。事後我問人，火災發生時你帶什麼出門？信用卡、證件、魚缸、LV皮包，或手提電腦？大多數人都說：「跑啊，什麼都不帶！」是這樣嗎？

公寓住著一些獨身老人，也有一些行動不捷者，例如七樓就有一位。她是位女士，約三十歲，個子瘦高，臉面穿刺打孔掛環，兩腳皆孱弱不堪，像線偶人一樣有骨卻又沒骨。她拄杖而行，每一步都艱難無比，咬牙撐持像攀爬峻崖，似乎那杖一丟，整個人就散了架子。她住這裡也有數年，情形一年壞過一年，真的是一副輕輕一碰就要散敗的身子啊。

每次警鈴響起，都見不到她出來，或許她不在家，但真正原因是她不能下樓梯吧。她只能搭電梯，而我們好像都忘了她。她也不能言語，只見她用手語，可不知是真的手語不是。為什麼這樣的她是獨來獨往的呢？

終於，警報解除。年輕精壯的消防員看似灰頭土臉，也逐一退場完畢。電梯恢復運轉。我在電梯裡又問：哪一樓出事了？這次有人答：十樓。我住十樓。哪一戶？同樣無人能答。

事既已成，我第一個念頭是阿妹。若失火的是我的單位，阿妹大概已變焦屍，永不復生了。一時我想哭。電梯門開了，一左轉就見到我單位的門是乾淨完整的。忐忑的心終於可以平靜。但我仍顫抖著拿出鑰匙來開門；門一開，阿妹來喚我，她剛才受驚嚇了吧。

火災來了，阿妹若沒有我，恐怕沒有存活的可能。然而，我若沒有阿妹呢？生死一世間。一日我終要與阿妹分離，而失去一名摯愛，一位親密伴侶。看待死亡，真能像看一片葉子落下嗎？

我愛過，我痛過；這相處過的日日夜夜，無論多少年，最後我也將之淡忘了吧。是嗎？

門裡門外

馬航失聯未獲，以致飛機安全著落時，便心頭覺得慶幸。再轉一趟飛機就到家了，克里夫蘭。我跟崔西打電話，語氣儘量鎮定，怕對方傳來壞消息。呼！她說一切安好，我只能說感激，再感激。

「請記得門不必上鎖了。」我說。

「好的。」崔西回答我。

我返台三週，是崔西替我看顧阿妹的。

機窗外見東方紅，像一粒不安定的果凍，不多久，出脫成一顆蛋黃，然後是一團明鏡，掛在機翼外與我照面。夜空清寥，路燈串連的城市一臉疲憊，就要走入一天的盡頭。

友人接送我回湖木公寓。電梯上樓，久別相見之情像在擂鼓。到家了，手一旋門，緊的；再旋，還是一樣。阿妹在叫喚我，她就在那裡。一時，擂鼓的搥掉落下，手腳失措。打崔西電話，未接；再打，還是一樣。只好去敲門，十一點半了，她會聽見嗎？果然，無人應門。友人邀我去他那裡宿一晚，我拒絕了。

背貼著門，我坐在走廊上，與阿妹對話。

我回來了，妳好嗎？

你幹嘛不進來?!

現在進不去，很想妳。

肚子餓了，你進來嘛！

妳知道嗎？分別二十一天，我沒有一日不想我們倆。分別真苦，真牽掛。妳有吃好睡好嗎？尾巴上的傷口都痊癒否？讓我問妳，這段日子想過我嗎？妳真喜歡和我在一起嗎？

（無語。）

老實說，妳被「綁架」到這裡，日子安舒，卻也平淡；生活飽暖，畢竟也無趣。天這麼小，地這麼窄；鳥兒鳴躍窗前，妳也總是褻玩不得。而我，我有了妳，覺得又幸福又何其受羈絆啊。

（無語。）

還在嗎？告訴我，妳窗前的月色如何？

（無語。）

……夜……深了吧……能……抱妳，一起睡嗎？

▍湖木公園暮春夕照之三（林煜幃攝影）

▍湖木公園暮春夕照之四（林煜幃攝影）

為誰而哽咽

閒懶幾天在家，初時覺得輕鬆，不久覺得安逸，後來不得不承認真是渾渾噩噩度日子了。人家畢飛宇是寫了一部《造日子》，講貧瘠年代對生活的瘋狂創造，而咱們卻任日子荒蕪，雜草生煙，陰氣森森。

跟我同住的，還有一隻貓。這貓是母的，她自從來我家後，都不出門，像老佛爺整天被供養著。平時她就閒懶，不是吃，就是睡。對我不理不睬，供飯時間到了才對我批呸叫，頤指氣使，飯不入口絕不罷休。等飽飯了，她就賞我一點溫柔，偶爾也給我一分甜膩。她是一個真正意義上的無所事事的人。好吧，貓。

可是今天我氣憤了，我跟她說，妳這一生就這樣了嗎？我的意思是，妳到底想過人生的意義是什麼嗎？

說真的，無所事事、渾渾噩噩的日子還是頂折磨人的。人嘛，總要做點什麼，一個整日吃睡的人，跟一棵植物有什麼差別？

好吧，貓，名叫阿妹。

阿妹看著我，一直喵喵叫，我說妳講什麼，我聽不懂。我想她是在抗議。翻譯成人話，好像是說：你給我聽好，我也是在外面走跳過的，知道這世道危機四伏，處處是弱肉強食，欺善怕惡。不然，你以為我這條尾巴是怎麼瘸的？我自殘拔毛的精神焦慮是怎麼來的？人生的意義，我告訴你，活著就是硬道理！說人生，你自己算算，我可活得比你還長！

又說：是的，我今天是安生了，但這一切不是你造成的嗎？你說你愛我，這不是我強迫的；你說你照顧我一輩子，也不是我脅迫來的。你家裡沒老鼠、蟑螂，你要我做什麼？說起來辛酸，我不就是陪你睡，給你隨便摸，隨便揉，隨便抱嗎？你說我是老佛爺，請告訴我，有我這等沒尊嚴的老佛爺嗎?!

還說：你的家給我安生，可是戶外給我新鮮刺激；你的愛心給我飽足，可是大自然給我勇敢、毅力和靈感。若說殘忍凶惡，有比你們人類更壞的嗎？你看你們是怎麼虐殺我的同族，怎麼虐殺百般守護你們的犬友?!你們說變就變，說棄養就棄養，你的聖經上不是寫「人心比萬物都詭詐」嗎？說到底，我逃得出你的手嗎？我有真正的自由意志來決定自己的人生嗎？

我從沒想過阿妹會這樣對我說話，一時啞然語塞。然而，有件事我想過，若我是貓，我會選擇留在家裡，還是出去生活呢？留在家裡，安定安穩，可是活得不像我，心性束縛太大；出去生活，意謂著失去蔽護，生死茫茫，卻是海闊天空，可以盡情地活出自己。

我沒有答案。

進與退皆俱得失，一思量，人就卡住了。

我知道阿妹說得沒錯，可我也知道，一個人的人生比一隻貓的貓生要艱難得多。甚至可以說，作貓若是難的，作人就更難了。那些發生在貓身上的矛盾，人都有，而且更為複雜。

好比說，貓不知道蘇格拉底何以有那麼多問題可問，不知道宗教信仰何以引起數千年的戰爭衝突，不知道婚姻平權的道路何以走得那麼艱辛。貓也不知道一個國籍何以叫人哭叫人笑叫人滄桑，不知道一張鈔票何以那麼薄那麼被看重又那麼污穢，不知道一首詩或一幅畫何以藏著一顆心一個啟示一個解不開的祕密。我家書目不少，即或她看了，也不能理解何以一個人會如此偽善，何以一部資治通鑑會一再重演，何以一份權力會叫人澈底腐化。

自卑與自大同生，踐踏別人也糟蹋自己，義正嚴辭的唾沫滋長嘲諷的細菌，驕傲自恃的否決卻被極溫柔的臉孔包裝起來，一派純真的世故和一再被解釋的謊言親密無間。事實之外還有一個真相。人際關係糾葛不休。假就是真，真就是假。也沒有全部的真，也沒有全部的假。

不想活得那麼累，承認了不快樂，但一個人怎麼活？

貓也會覺得孤單寂寞嗎？我不知道。

我問她，她坐窗前轉頭看我，沒有回答。

她時常坐在大片紗窗前，看風吹落葉，聽麻雀在嘈切。我知道，她也看人來人往，其中最注意的就是我。有時我晚歸，她一見我，立刻就碎碎念，從頭批評到尾。有時明明給她吃過晚飯，安頓好之後，再出門回來，也看她坐在窗前喚我，回應我。

她是在等我嗎？

她會等我嗎？是因孤單而等我，還是因思念而等我？

每次聽聞忠犬八公漫長等待十年的事蹟，我就糾心不已。前幾日從臉書上見了他的真實樣貌，竟一時忍不住淚目。是什麼樣的情緣啊！換作是貓，我想她絕不會如此。我們在一起七年，我太了解她了。她是現實的，然而，這樣的現實有什麼錯？她是自私的，但是，這樣的自私不也合乎「人性」嗎？

一個再自私的人也有心痛的時候吧。愛戀不得，或得了又失，總會心痛。心痛的人多有一張愁容，像八公苦等不到主人的那張愁容。而這貓，她不曾叫春，她對愛情的渴望遠遠低於我的想像。她是要一生守貞嗎？還是她只愛戀我？她明白什麼是愛嗎？我在她心中到底是什麼分量？

愛，對一個人來說，有時候就是全部。愛情難說，但我相信有一個人可以思念，或者能被一個人思念，都是好的。

永恆是什麼？

生命的抉擇是什麼？

我把貓抱入懷中，親吻她，不知怎麼，我吻著吻著卻哽咽了。

永恆的一天，煜幃、淑涵、阿妹和我在樺木街陽光房合影（攝於2018年6月）

語言文學類　PG2675　秀文學47

此後微微
——一人一貓的多情記敘

作　　者／馮　平
責任編輯／陳彥儒
圖文排版／陳彥妏
封面設計／蔡瑋筠

發 行 人／宋政坤
法律顧問／毛國樑　律師
出版發行／秀威資訊科技股份有限公司
114台北市內湖區瑞光路76巷65號1樓
電話：+886-2-2796-3638　傳真：+886-2-2796-1377
http://www.showwe.com.tw
劃撥帳號／19563868　戶名：秀威資訊科技股份有限公司
讀者服務信箱：service@showwe.com.tw
展售門市／國家書店（松江門市）
104台北市中山區松江路209號1樓
電話：+886-2-2518-0207　傳真：+886-2-2518-0778
網路訂購／秀威網路書店：https://store.showwe.tw
國家網路書店：https://www.govbooks.com.tw

2022年1月　BOD一版
定價：240元

讀者回函卡

國家圖書館出版品預行編目

此後微微：一人一貓的多情記敘/馮平著. -- 一版. -- 臺北市：秀威資訊科技股份有限公司, 2022.01

面；　公分. -- (語言文學類；PG2675)(秀文學；47)

BOD版

ISBN 978-626-7088-02-9(平裝)

863.55　　110019323